Stella Canis

och
andra noveller

Predrag Mihajlović

Stella Canis och andra noveller

© Predrag Mihajlović
Förlag BoD - Books on Demand, Stockholm, Sverige
Tryck: BoD - Books on Demand, Norderstedt, Tyskland
ISBN: 9789178510276

Stella Canis och andra noveller

Stella Canis och andra noveller

Om vi inte hade glömt låsa dörren
skulle säkerligen ingenting av detta ha hänt.

(ur *Apatriden och den förvirrade hunden*)

Stella Canis och andra noveller

Innehåll

Stella Canis och andra noveller

Ingen bär ansvar

"God dag, fru Grankvist!"

Sitt välkomnande uttryckte polisinspektören med en lågmäld och medlidsam stämma. Han sträckte försiktigt handen mot kvinnan som var iklädd en svart, lång vinterjacka.

"God dag!"

Kvinnans respons var så tyst att inspektören kunde lättare läsa hälsningen från hennes bleka läppar än han kunde göra det från hennes röst.

"Varsågod och sätt er."

Han bjöd henne sätta sig ner innan de slutade skaka hand med varandra.

"Tack!"

Då hon tackade släppte de varandras händer.

"Mitt namn är Tristram Lind".

”Tristram?”

Kvinnan var lika tyst som när hon hälsade. Hon tittade ner mot bordet. Inspektör Lind hade svårt att avgöra om kvinnan bara neutralt upprepade hans förnamn eller om det var en reaktion på dess ovanlighet. Till slut bestämde han sig för det andra alternativet.

”Ja, faktiskt.”

Han svarade nästan ursäktande och undrade om det skulle vara på sin plats att förklara hur han hade fått sitt ovanliga namn.

”Sällsynt namn.”

”Ja, det är det.”

Nu var hans röst något livligare när han bekräftade kvinnans kommentar. Han övervägde om det skulle bringa till ett mindre plågsamt samtal om han inledde det med ett kort bakgrund till sitt namn. Kvinnan tittade fortfarande ner mot arbetsbordet medan inspektören talade.

”Det händer sällsynta saker, också.”

Här blev hans betoning på uttrycket sällsynta saker. Samtidigt gjorde han ett försök till ett förbehållsamt leende. Han avvaktade avsiktligt ett tag med att fortsätta yttra en mening till, för att det betonade uttrycket skulle lägga sig i kvinnans medvetande.

"Det fick jag av min mormor, efter namnet på huvudpersonen i en gammal engelsk roman som heter *Tristram Shandy*, av författaren Laurence Sterne."

"Tristram, det låter fint. Vad bra att din mormor valde det och att dina föräldrar accepterade hennes förslag".

"Ja, jag är min mormor och mina föräldrar väldigt tacksam för det."

"Det är alltid bra att inte förlora de varmaste känslorna och närheten till sina barn och till sina föräldrar. Och sina mor- och farföräldrar om de finns än."

Det blev tyst i rummet en stund.

Det tog nästan två minuter innan kvinnan avbröt tystnaden.

"Idag är den 26 november."

Först då lyfte hon upp huvudet och tittade på inspektören.

"Ja, året är 195_ om jag får tillägga."

"Och nu har en vecka gått."

"Exakt, frun."

Han förflyttade händerna han hade på knäna till bordets kant efter att han hade bekräftat hennes ord.

Kvinnan följde hans rörelse som om hon förväntade sig att han skulle påbörja att leta efter något i sitt anteckningsblock som låg till vänster om honom.

Han gjorde inte det.

"Jag förmodar att ni har kommit fram till något."

"Ja, det har vi gjort."

Fru Grankvist andades svagt ut efter att hon hade hört önskat svar.

"Och hur dog min dotter? Blev hon mördad?"

"Hon var dödad, frun."

"Dödad?"

"Ja, man kan uttrycka det så."

"Uttrycka så?"

Inspektören kunde förnimma en svag irritation i hennes röst trots att hon hade sagt dessa två ord väldigt långsamt. Hon var ensamstående mamma vars enda dotter var död nu och han visste att han inte borde gå fram så snabbt med svaret. Att inte behöva snabbt komma fram till svaret passade honom utmärkt, han var en man som inte kunde gå rak på sak så lätt. Han var medveten om den egenskapen hos sig själv och därför hade han genom åren utvecklat en strategi som fick hans samtalspartner att själv komma till det - att själv berätta eller uttrycka det han borde göra.

"Fru, Grankvist, jag förstår att det som jag kommer att berätta för er kommer att låta minst sagt overkligt."

"Min verklighet har blivit overklig och jag har inte heller några verkliga förhoppningar nu. Det enda ni behöver göra nu är att använda ert professionella språk och berätta för mig hur min dotter dog och vem ber ansvar för det."

"Jag förstår."

"Jag <u>måste</u> veta hur min dotter dog och vem som bär ansvaret för det. Det är det enda jag behöver i mitt liv."

Det var tyst igen en kort stund och nu var det Tristram som tittade ner mot bordet.

"Det är det som är konstigt. Det är ingen som bär ansvar för er dotters…"

"Ingen bär ansvar? Ni sa väl att hon blev dödad?"

"Ja, det blev hon-"

"Och ni vet vem som gjorde det, eller hur?"

"Ja, det gör vi. Vi vet vad som tog hennes liv-"

"*Vad* inte *vem*?

"Så säger experterna."

"Experterna? Och vad säger ni?"

"Jag har ingen anledning att säga det motsatta."

"Betyder det att min dotters pojkvän befrias från alla misstankar?"

"Redan från början var misstankarna mot honom ganska svaga."

"De träffades väl den 18 november sista gången, natten till den 19 november närmare sagt, och hon hittades väldigt tidigt på morgonen, livlös, liggande i utkanten av staden på ett fält alldeles i närheten landsvägen där hon hade parkerat bilen?"

"Alldeles riktigt-"

Fru Grankvists röst började darra allt mer när hon fortsatte tala.

"Hon hade en skada på huvudet, ett sår för-
orsakat av ett hårt slag med ett trubbigt föremål,
förmodligen en sten, eller hur?"

"Det stämmer, frun-"

"Vem slog henne då? Det var väl inte hon
som gjort det själv?"

"Nej då, fru Grankvist. Att göra något så-
dant är närmast osannolikt."

"Finns det något mer osannolikt, då?"

"Jag är rädd för att det finns-."

"Vad? En meteorit kanske?!"

"Just det!"

Stella Canis och andra noveller

Ingen bryr sig

”Vet du att allt prat om stjärnornas och planeternas rörelse och påverkan på våra liv är lika meningslöst och verkningslöst som alla diskussioner om tidens existens och icke-existens? Att det är vi människor som inte bara skapar utan också manipulerar alla dessa begrepp och relationer dem emellan och deras diverse inflytande på oss? Att vi är väldigt duktiga konstruktörer, min vän?”

Det var en filosofisk inledning till en rolig historia som en vän till mig började berätta för mig för några år sedan. Vi satt på en restaurang en väldigt kall och snörik vinter och var på vår fjärde, femte öl när han yttrade dessa ord.

"Det visste jag inte", svarade jag bekvämt lutad mot ett varmt element alldeles bakom mig.

"Jag visste att du inte gjorde det. Och min nästa fråga är: Vet du varför? Jag vet ditt svar eftersom du inte kunde svara på min första fråga."

"Varför?" frågade jag knappast intresserad eftersom jag trodde att min vän redan var påverkad av de drygt två liter öl han hade hällt i sig.

"Det är bara för att uppfylla eller tillfredsställa sina behov!" svarade han med något högre röst. "Att uppnå sina mål oavsett vad det är för sorts mål de vill åstadkomma".

"Vad är dåligt med det?" undrade jag med lika hög röst.

"Ingenting", svarade han och slog lätt med fingerknogarna mot bordet. "Det är inte alltid till ondo. Jag vill bara säga att det handlar om manipulation. Exempelvis kom jag till världen och existerar i den tack vare en manipulation".

"Har du fötts genom en manipulation?" frågade jag en smula fräckt.

"Inte direkt, men jag kan tacka en patriark, eller någon annan högt uppsatt kyrkoman att jag finns idag."

"Hur kommer det sig, min vän?"

"Vill du verkligen höra det?"

"Finns det något viktigare just nu?"

"Okej, då berättar jag. Året borde varit 1930. Min farmor var knappt 23 år gammal när hennes far bestämde sig för att gifta bort henne med min blivande farfar. Några år innan dess hade min farmor (det berättade hon för mig) en stor kärlek som hon var tvungen att hålla hemlig från sin far. Hon och den unge mannen brukade träffas i en plommonträdgård i smyg. Där kysstes de förmodligen och ibland drack de plommonbrandy - Slivovitz, som man brukar kalla det - (det berättade farmor för mig). Sedan tog deras förhållande slut och jag fick inte veta hur.

Så när min farmor var nästan 23 år gammal - det räknades som gammalt då om man inte var gift - bestämde sig hennes far och fadern till min blivande farfar att de två skulle gifta sig. Jag vet inte om min farfar var ovillig till något sådant, men min farmor var säkert det, men ingen brydde sig nog om det. Däremot fanns det ett litet problem, ett hinder till deras överenskomna gifte. Nämligen att min farmor var sex år äldre än hennes blivande, långe och snygge make, vilket betydde att han var omyndig och ett sådant äktenskap skulle inte kunna genomföras enligt lagen."

"Nu börjar det bli intressant", sa jag och gav tecken till kyparen att komma med två öl till.

"Det har du rätt i. Det blir ingen tråkig fortsättning på den här historien. Det skulle ta nästan ett år till för att min farfar skulle bli myndig och en så lång tid ville inte deras fäder vänta. Varför de hade så bråttom har jag ingen aning om. Det som jag med säkerhet fick veta var att min farmor inte var gravid. Det var hon varken med sin ex-pojkvän eller sin blivande make. Vad min farfar egentligen hade för problem som gjorde att man inte kunde vänta i ett år har jag som sagt ingen aning om. Hursomhelst fanns det ett problem att lösa. Och det tog inte så lång tid att komma på en lysande idé. Då skrev de två fäderna ett brev till patriarken.

De väntade spänt på svaret från honom. Det tog inte mer än tre veckor när patriarkens brev med svaret kom. Problemet löstes och de kunde gifta sig. Så småningom fick de barn, bland annat min blivande far som i sin tur gifte sig med min blivande mor och så småningom kom jag till världen."

Min vän slutade abrupt sin berättelse.

"Vad stod det i brevet?" frågade jag min vän som tittade sömnigt mot bordet och verkade inte märka att han lämnat en lucka i sin berättelse.

"Patriarkens?"

"Nej", sa jag skrattande. "Jag förstår att patriarkens svar var positivt för de två gubbarna. Vad stod det i brevet dina förfäder skrev till den där patriarken?"

"De bad helt enkelt honom tillåta min farmor låna elva månader från sitt liv till min farfar så att han kunde bli myndig och gifta sig med henne", svarade min vän, och skålade.

Jag tittade på honom med sympati en stund och sa sedan:

”Ja, vem bryr sig om planeternas rörelser.”

Jag skålade tillbaka och tog en bra klunk öl. Han gjorde detsamma.

Stella Canis (Dog Day Afternoon)

Det var en hängiven och stadgad medelålders familjeman som hade en sommarstuga i stadens utkant.

Det var en söndag i slutet av juli, just då när dagstemperaturen stod på sin höjd - just då när smågårdarna var fullproppade med många olika mogna grönsaker. Mannen hade just en sådan trädgård vid sin sommarstuga. Eftersom han och hans fru hade börjat gå in i den ålder då man allt mer seriöst tänker på hälsans vikt var det alldeles förväntat att ett vegetariskt tema upptog största delen av deras samtal den dagen. Då fick mannens fru idén om vad hon skulle laga till en tidig middag.

"Det blir en pumpapaj!" sa hon.

Men hon behövde en pumpa och i deras lilla gård fanns det många fina pumpor.

"Visst! Nu åker jag och hämtar en fin pumpa", sa mannen.

Inte bara för att han var en make som alltid med glädje uppfyllde sin makas önskningar utan han själv var sugen på en gott smakande pumpapaj. Och hans fru kunde laga en sådan! Mannen hade därför inte svårt att resa sig från sin sommarstol, där han hade det bekvämt, och att byta verandas svala skugga mot de glödheta solstrålarna.

Hela jobbet skulle inte ta mer än en kvart och om han körde lite snabbare skulle han vara hemma till och med om tio minuter. Han satte sig i bilen, satte i gång den och åkte till sin sommarstuga.

Sagt och gjort! Han parkerade sin bil vid vägkanten knappt fem minuter senare och klev ur bilen alldeles svettig eftersom luftkonditioneringen var ur funktion. Han tog av sig sin kortärmade skjorta och torkade sig med den i ansiktet och bröstet, sedan kastade han den i bilen och gick mot staketet. Att låsa upp trästängslets port brukade alltid ta lång tid, så han bestämde sig för att hoppa över det. Samtidigt såg han en krossad ölflaska i kanalen som sträckte sig längs staketet. I de vassa tegelfärgade glasskärvorna reflekterades solstrålarna. Han kom fram med tanken att plocka upp det, men ångrade sig och lämnade det med avsikt att göra det senare. Han hoppade över stängslet och gick in på gården.

Han behövde en lite större pumpa. Plötsligt kände han en bara för honom känd lukt. Det var en lukt som han kände från barndomen. En orms lukt, som han kallade den, fastän han inte visste om man kunde känna en orms lukt. Det var något som kunde liknas med en omogen persikas lukt. Varje gång han hade känt den fick han otur. Han kände en stark och kortvarig oro och började vända sig om, till vänster och höger, i ett försök att se om det inte fanns något i hans närhet som kunde vålla någon otrevlighet. Men han lade inte märke till något sådant. Det rådde bara hetta och tystnad runt honom.

"En riktig *dog day!*" sa han högt för sig själv, torkade svetten från pannan med handflatan, böjde sig ner, plockade en lämplig pumpa och gick därefter snabbt mot bilen.

Då började saker och ting gå helt fel. I sin vänstra hand höll mannen pumpan och med den högra stödde han sig mot staketet och försökte hoppa över det. Mitt i språnget gav hans högra hand oförklarligt vika och han rasade ner mot kanalen som låg på andra sidan stängslet. En vass smärta i högerfoten tvingade honom att omedelbart resa sig upp. Det nästan svarta blodet täckte hela foten och han kunde inte se hur stort såret var. Försiktigt, för att inte skada sitt vänstra ben, hoppade han på det oskadda till bilen, grep tag i skjortan och lindade den snabbt runt den skadade foten. Han tänkte att det viktigaste var att så fort som möjligt komma hem, desinficera såret och sätta bandage på det.

Han startade bilen och började köra med ratten i en hand. I den andra höll han pumpan.

I nästa ögonblick tappade han pumpan ur handen. Den rullade ner under benen på honom. Instinktivt böjde han sig ner efter den och försökte ta upp den. Då tappade han kontrollen över ratten och bilen körde ner i ett dike. Nu kände den olycklige mannen en stark smärta i sin högra hand. Han förstod genast att den var bruten.

Med pumpan i sin vänstra hand försökte han med det friska benet öppna passagerardörren eftersom den på hans sida var tätt intill dikets sida och inte kunde öppnas. Och han lyckades. Likt en ödla kröp han ut ur bilen med pumpan i handen. Det följdes av ett nytt misstag. Glömmande att hans högra fot var skadad stödde han sig just på den. En våg av smärta kastade honom bakåt och han slog huvudet i den del av bilen där dörrens kanter går in. Då svimmade han.

Som det brukar vara kom han till medvetande först på sjukhuset. Han kände inget ont. Det kändes bara lite kallt och det kändes behagligt. Som för de flesta var också sjukhuslukten väldigt bekant för honom och han behövde inte öppna ögonen för att förstå var han befann sig. Han låg bara så en viss tid i sängen, förbannande sig själv i tysthet.

När han öppnade ögonen kände han igen sin kära frus ansikte. Stumt och ängsligt betraktade hon honom. Och han betraktade henne. Det

kändes som att det hade pågått i evighet. Plöts-
ligt blev kvinnan lång i ansiktet. Hon stirrade
mot mannens mage. Han undrade vad som kun-
de vara orsaken till det.

Det är kanske inte min fru, tänkte han. Om
det inte är min fru, då är jag också någon annan.
och tvärtom, var hans resonemang.

"Varför ler du?" frågade hans fru och på så
sätt avbröts hans dilemma.

"Jag vet inte", svarade mannen.

"Vad har hänt? Orkar du berätta det för
mig", frågade kvinnan medan några tårar rann
nerför hennes ansikte.

Han orkade göra det.

När han hade berättat färdigt vad som hade
hänt märkte han att hans fru återigen tittade mot
hans mage. Mannen kunde tydligt se vreden i
sin frus ögon. När hon oväntat sträckte händer-
na mot hans mage var han skrämd att hon skulle
slå honom i den. Han såg pumpan i hennes hän-
der. Den hade han fast hållit på magen med sin
vänstra hand hela tiden.

Först tittade kvinnan runt om sig i rummet,
därefter försvann hon. När hon var tillbaka igen

höll hon inte bara pumpan i händerna utan också en kniv. Hon satte sig lugnt på knä och han kunde se hur hon energiskt lyfte handen med kniven i upp och ner några gånger. Pumpan var skuren i många bitar.

"Så där", sa kvinnan lugnt, rättade till sin frisyr, lämnade tillbaka kniven där hon hade hittat den, kom tillbaka i rummet igen och ställde sig belåtet vid makens säng.

Stella Canis och andra noveller

Fullmånens obestämda ställning

Jag är en väldigt pratsam, öppen och sällskaplig människa. Sitter jag på en buss, ett tåg, ett flygplan eller i ett väntrum på ett sjukhus eller på något annat offentligt ställe har jag svårt att bara sitta sömnig och mållös på min sittplats där. Jag tittar mig omkring och försöker fånga uppmärksamheten hos någon av passagerarna eller de väntande och påbörja ett samtal. Jag har alltid varit sådan och det kan jag inte göra något åt.

Jag är medveten om att det kan vara irriterande för vissa och jag har försökt att vara mer förbehållsam, men det går svårt. Om det är fullmåne, har jag lagt märke till, är det omöjligt att hejda mig. Det är inte så att jag efteråt behåller i minnet vad jag har pratat om med folk.

31

Själva samtalandet gör mig tillfredsställd och innehållet på det sagda och det hörda försvinner så fort jag eller min samtalspartner försvinner. Det var i alla fall så tills för tre månader sedan.

Det var en dag, eller en decembernatt förra året. Efter en kort semester (fem dagar var det) i Grekland var jag på väg tillbaka till Stockholm. Det var redan kväll när flyget lyfte. Jag satt vid gången och bredvid mig satt en äldre herre och tittade ut genom fönstret. På sittplatserna framför oss satt en kvinna med sin dotter, en artonåring skulle jag gissa, och till höger om dem två satt hennes make med det andra barnet, en tretton-, fjortonårig pojke skulle jag gissa. Bakom oss satt två underliga figurer som genast började läsa när de satte sig på sina platser. Till höger om mig satt det ingen, alla platser var tomma. Så bästa chansen att påbörja en kommunikation med någon var min närmaste medpassagerare. Problemet var att han tittade så uppmärksamt genom fönstret som om han förväntade sig se ett oidentifierat flygande objekt.

Först efter cirka en halvtimme vände han sig oväntat mot mig och sa:

"Titta på fullmånen!"

Jag böjde mig för att se den och det gjorde jag iögonfallande för att vissa att jag var beredd för ett samtal.

"Oj, vad festligt!" sa jag.

För ett ögonblick var jag en smula oroad om jag hade valt ett passande ord. *Festligt* skulle kunna låta lite överdrivet och mannen skulle kanske få intrycket att jag var ironisk.

"Förbluffande! Don quijotiskt!" sa mannen förtjust.

Då han använde dessa, för mig lite ovanliga ord, speciellt *don quijotiskt*, försvann alla spärrar hos mig.

"Jag minns inte när jag såg en så vacker, imponerande och kristallklar måne! sa jag nästan skrikande.

"Exakt!"

Efter att han hade bestyrkt mina ord tog han av sig glasögonen, torkade dem och när han satte dem på sig igen la han till ytterligare en observation.

"Det känns nästan som att man inte kan avgöra om den står ovanför oss eller under oss, om den står uppe eller nere."

Det var inte alls mitt intryck och jag undrade hur han kunde komma på ett sådant absurt konstaterande. Visst ville jag inte opponera honom eftersom det skulle leda vårt samtal i en oönskad riktning. Jag kunde inte heller säga att det stämde och att det var mitt intryck med. Jag tänkte febrilt på vad jag skulle säga utan att ta för mycket tid på mig, jag ville inte riskera att vår påbörjade pratstund skulle abrupt ta slut.

"Det är inte där uppe utan där nere, det är inte där nere utan där uppe", uttalade jag dessa ord nästan sjungande och inte helt ogenomtänkt.

"Vad skulle det betyda?" frågade han.

I hans rösts tonläge förnam jag ingen spydighet eller känslokyla utan blott ett varmt intresse.

"Det ni sa associerade mig till något från min tidiga barndom. Väldigt tidiga barndom".

"Berätta det för mig", sa han.

Han verkade övertygande intresserad av att höra min korta historia.

"Det var mycket mycket länge sen."

Jag gjorde en kort paus och nickade tankfullt.

"Det var i början på sextiotalet", fortsatte jag, "och jag var knappt tre år gammal. Mina föräldrar och jag bodde i en liten ort där det fanns bara en asfalterad gata. I vårt grannskap bodde en liten flicka. Hon var i min ålder. Jag minns fortfarande att hon hette Adriana fast det var för drygt fyrtio år sen. Vi lekte ofta tillsammans men vad vi lekte minns jag naturligtvis inte. Utom en sak! Av nån anledning brukade vi kramande gå gatan upp och gatan ner. Och vi sjöng! När vi gick gatan ner sjöng vi: 'Det är inte nere utan uppe'. När vi gick gatan upp sjöng vi: 'Det är inte uppe utan nere!' Jag minns hennes leende väldigt tydligt. Det var ett sympatiskt leende trots att hennes tänder var ganska kariesskadade. Jag minns... som om det var igår".

"Hur länge umgicks ni?"

"Det var bara den där sommaren. Hon och hennes familj flyttade till en annan ort redan i augusti, skulle jag gissa."

"Sågs ni någon gång senare?"

"Nej, faktiskt inte."

"Konstigt att du inte försökte hitta henne när du var äldre eftersom du aldrig verkar glömt den lilla flickan."

"Bara några år efter att hon hade flyttat hörde jag av min mamma att hon hade dött. Hon fick veta det av en bekant till henne."

"Den lilla flickan? Vad tråkigt! Vad sorgligt! Vad hände? Fick du veta orsaken till hennes död?"

"Hon drunknade i en flod enligt det min mamma hade hört. Floden hette Drina och var ökänd på den tiden."

Mannen var tyst och tittade igen på fullmånen som lyste klart.

Jag gjorde detsamma.

Resten av flygresan var vi mest tysta.

När vi landade på flygplatsen var det tid att ta farväl till min medpassagerare. Innan jag skulle resa mig upp från min sittplats lät jag först kvinnan och hennes familj passera mot utgången först. Först gick hennes make förbi, sedan barnen och till sist hon. Jag kände mig svagt irriterad eftersom det tog lång tid för kvinnan att gå förbi. Jag brukade lämna flyget väldigt snabbt efter att resan tagit slut.

När hon äntligen passerade reste jag mig upp och tog min lilla resväska från facket. När jag vände mig om såg jag en papperslapp på golvet. Jag böjde mig snabbt ner och tog upp den. Jag kastade en hastig blick på den. Min vänlige medpassagerare undrade vad det var för. Jag svarade att det var bara en lapp och ingenting annat och skrynklade den i handen för att ge honom intrycket att jag skulle kasta det i papperskorgen.

När jag var ute och på väg till tåget tittade jag på lappen igen.

Det stod skrivet:

"Den lilla flickan lever."

Stella Canis och andra noveller

Under den stjärnrika himmelen

Evigheten ska uppfattas som ett relativt begrepp när jag säger att det var en klar sommarkväll för en evighet sedan.

Jag låg på en mörkgrön äng och tittade djupt i den med stjärnor belysta himmelen. Plötsligt fick jag intrycket att jag befann mig djupt i den, i ett viktlöst tillstånd. Det var inte bara det, utan jag märkte att vart jag än vände huvudet till och riktade blicken mot kunde jag se olika tidsfragment från mitt liv. Jag kunde växla från en tid till en annan från min dåvarande tid, men också från den tid jag såg mig i till en annan. Alla dessa livsfragment var lockande och fina att se, men det mest lockande tycktes mig den tidiga barndomen.

Så jag vände huvudet mot min vänstra sida och riktade blicken etthundra år tillbaka i tiden och såg tydligt följande:

Jag är två år gammal. Det är en tidig höstförmiddag. Söndag. Vi, min far och jag, är på landet på besök hos hans föräldrar och just på väg att lämna deras hus. När vi passerar ett högt, gammalt ekträd springer en liten, gullig, svart gris mot oss. Min far tar snabbt upp den och kastar försiktigt den i en vattenpöl till vänster om honom. Medan den lilla grisen med lätthet simmar ut från vattenpölen skrattar vi två, fader och son. Jag står till höger om min far och lyfter upp huvudet och tittar på honom: lång, atletiskt byggd, mörkhårig, iklädd en vit skjorta och mörk kostym. Jag skrattar högt och känner en kolossal stolthet och glädje att jag är med min pappa. Pappa fortsätter att skratta så länge jag tittar på honom. Min blick fastnar vid hans glänsande vita tänder. Det gör att jag i min tur vänder blicken mot mina farföräldrars lilla hus, mot det jag upplevt knappt en halvtimme tidigare: jag sitter i min farfars knä medan han sitter på stentröskeln och spelar tamburin och kärleksfullt ler mot mig. Hans leende är prytt med kortklippta, välvårdade mustascher och glänsande vita tänder.

Jag vänder snabbt blicken till höger och ser tjugoett år framåt i tiden från den roliga händelsen med den lilla grisen och ser och hör hur jag berättar för min far om det här minnet.

"Och du minns det, min son?"

"Javisst, pappa, gör jag det."

Han är tveklöst imponerad över min minnesförmåga. Han rynkar pannan och säger nickande:

"Ja, din farfar hade alla tänder när han dog femtiotvå år gammal några månader senare. Det var sista gång du såg honom."

"Ja, jag har en bra minnesförmåga", säger jag till honom.

Jag vänder blicken drygt tjugoett år tillbaka i tiden från det samtalet jag hade med min pappa:

Jag är drygt två år gammal och står utanför vårt smala och förfallna tvåvåningshus. Det är en stilla och het sommarförmiddag. Den molntäckta himmelen gör luften kvävande. Plötslig

känner jag som om jag är på väg att tappa jäm-
vikten. Jag förstår inte vad det är som händer
men blir väldigt rädd.

Jag börjar skrika:

"Mamma! Mamma!"

Min mamma rusar ut ur huset och ropar på
mig. Jag förstår ingenting av det hon säger eller
försöker säga till mig men jag förstår tydligt
fruktan i hennes japanskt sneda ögon och mär-
ker krampen i hennes vackra ansikte. Jag
springer mot henne.

Nästa stund står vi på husets trätröskel och
jag känner mig lugn och trygg beskyddande
omfamnad av min mamma, lutad mot hennes
knän ser jag då en tegelbit faller ner från taket
på exakt den plats jag stod några sekunder tidi-
gare.

Jag vänder snabbt blicken tjugotre år framåt
i tiden från den upplevda jordbävningen. Jag
berättar för min mamma om det som hänt, om
vår gemensamt upplevda jordbävning.

"Och du minns det?" frågar min mamma,
tveklöst imponerad över min minnesförmåga.

"Javisst, mamma, gör jag det."

Hon lägger genast till därefter:

"Mitt smeknamn faktiskt var japanskan på den tiden därför att jag hade sneda ögon."

"Jag kommer ihåg den första jordbävningen i mitt liv. Det var med dig, mamma."

Mamma ler mot mig.

Jag ler tillbaka och säger:

"Jag minns allt som hänt första gången i mitt liv."

Plötsligt svävande där uppe i himmelen vände jag blicken ner mot jorden och tittade mot min gravsten. Den kunde ses så klart under de miljarder blinkande stjärnorna. De lyste över den fridfulla och fredliga perioden på Balkan. Det var en vacker syn.

Stella Canis och andra noveller

Den enda världen

De gula månstrålarna förvandlades till silver-
färgade nyanser när de föll på havsdropparna
som långsamt rann nerför Noriko Shimadas
nakna kropp den natten.

Vattnet kom henne till knäna när jag fick se
henne och jag kunde inte ta mina ögon från den
drömlika kroppen som uppenbarade sig plöts-
ligt framför mig. Jag stod där som förtrollad på
inte mer än femton meters avstånd. Jag trodde
att hon redan hade badat eftersom hennes kropp
var våt och att hon nu tittade mot månen och
njöt av den magiska synen. Inga stjärnor syntes,
bara månen, stor som solen, på den oändliga
himmelen över det oändliga havet. Himmelen,
månen, havet och Noriko Shimadas nakna

kropp! Bilden jag förväntade mig se kunde absolut inte matcha den jag hade framför mig då.

Jag kunde varken se hennes ansikte eller någon eventuell vänlighet på det, eller hennes ögon och ett eventuellt intellektuellt djup i dem, men månstrålarna som genomströmmade hennes kropp och därefter nådde mig möjliggjorde det, att avläsa allt detta och känna inget annat än beundran för kvinnan. Jag visste inte vad hon hette, det skulle jag få veta senare.

Bara en kvart tidigare satt jag på en pub och drack mitt tredje glas mojito och tjuvlyssnade för språkets skull på folk som stod vid bardisken till höger och vänster om mig och talade japanska. Min japanska visade sig vara på en mycket längre nivå än jag hade för mig. Att läsa korta texter och samtidigt lyssna på dem på cd-skivor visade sig vara ett missledande tillvägagångssätt. I alla fall för mig. Men man måste börja någonstans. Musiken var lagom hög och jag kunde tydligt höra ett par som stod till höger om mig prata om månförmörkelsen. Trots det faktum att musiken inte var störande vid mitt tjuvlyssnade missförstod jag att månförmörkelsen skulle ske inom kort.

"Hai!" sa jag högt och glatt på japanska och slog lätt med näven mot bardisken. Jag tänkte på en högt passande plats för att skåda månförmörkelsen. Jag drack ganska snabbt upp mitt glas mojito, betalade notan med mitt betalkort och darrande händer och gick ut redan påverkad av det jag hade druckit. Det tog mig knappt femton minuter att med raska steg komma till den lilla stranden jag såg under en lång eftermiddagspromenad jag hade gjort samma dag.

Nu stod jag där och tittade förtjust på den mystiska kvinnans bedårande avklädda och våta kropp med ryggen vänd mot mig. Hon böjde sig ner mot vattnet lite grann och hämtade med båda händerna havsvatten och hällde på sig, på sina armar och sina bröst som jag oemotståndligt fick lust att se. Jag önskade mig vara vattnet som flöt på hennes hud. Jag stod där, orörlig och stum, som paralyserad av hänryckning.

Den första korta scenen som uppdagades inför mig stelnade i min hjärna; jag kunde liksom inte längre följa de långsamma händelsernas gång. Min inbillningsförmåga sattes omedelbart och kraftfullt igång, som aldrig tidigare när det gällde en kvinna. Jag som aldrig hade varit gift och aldrig haft medvetna tankar om att skapa en familj, en fru och barn, såg nu väldigt klart denna kvinna som min äkta maka. Jag såg våra tre barn, hur de skrattade mot oss medan vi lyckliga tittade på deras fina små glänsande tänder och vackert formade svarta och mjukt sneda ögon. Det jag såg kändes så verkligt, så övertygande. Mitt intryck var att mitt liv enbart kunde se på så vis ut och att inget alternativ kunde finnas. Det fanns en värld jag befann mig i och inga parallella världar utom den under den där månen kunde tas hänsyn till. Det fanns för resten inga stjärnor som jag kunde drömma mig till, vi stod viljestarka på jorden belysta av dess vackra satellit.

Då märkte jag något underligt. Mina ögonbryn rynkades. Det verkade som att den förtjusande, i min hjärna fastetsade bilden, började distansera sig från mig. Avståndet mellan Noriko och mig blev långsamt men säkert allt längre och längre. Den en gudinnas liknande kropp, den överlägsna kroppen syntes inte mer till. Mina ögonbryn rynkades ännu mer. Det var endast hennes huvud jag kunde se från havsstranden nu. Och också det hade jag allt svårare att se. Jag kom närmare vattnet, men min förvirring blev inte mindre. I nästa stund, när det blev allt mörkare omkring mig, slog en vindpust mot mitt ansikte och den hade en örfils styrka. Jag kvicknade till och först då förstod vad det var som höll på att hända. Jag hoppade äntligen in i vattnet och började jäktande simma mot kvinnan vars huvud hade redan försvunnit under vattnets yta.

"Om du inte hade hunnit och räddat mig, om du inte hade lyckats förhindra mitt självmordsförsök, skulle jag aldrig ha haft dessa tre glada barn. Och dig", brukar min fru Noriko säga då och då och kyssa mig kärleksfullt därefter.

"Denna natt simmade jag inte bara för ditt liv, jag gjorde det också för mitt liv, för vårt liv och för våra barns liv", brukar jag säga i dessa stunder och kyssa henne kärleksfullt tillbaka.

Stella Canis och andra noveller

Vittorio Vespuccis leende

”Vittorio, det är en sak jag undrar, eller har undrat, över i flera år nu, varje gång du kommit i mina tankar. Det har du gjort, tro mig. Jag undrar varför du aldrig reagerade negativt när vi kallade dig för utomjording. Att du blev ledsen eller irriterad eller arg visade du aldrig. Och det var inte den avgörande orsaken till min undran utan att jag var överraskad för det diskret ironiska, nästan mystiska leende på ditt ansikte. Det har gått... hur många år har gått sedan dess? Tjugotre? Ja, det var år 2380 jag såg dig sist, men jag har en så klar bild av ditt gåtfulla, småleende ansikte framför mig, som om det var igår eller åtminstone för en vecka sedan. Den liksom inpräntades i mitt minne”.

Det var min första fråga till min gamle skolkamrat Vittorio Vespucci när vi träffades av en slump på en restaurang i Rom dit jag anlände för första gången efter att jag jobbat i tio år på ett förlag i Buenos Aires.

Det var jag som först kände igen honom och efter en längre tvekan gick fram och hälsade på. Jag tvekade eftersom jag inte visste hur han skulle reagera.

Vi var ett gäng gymnasieelever - Marcelo, Cesare, Ornella, som var Casares flickvän på den tiden, och jag - som bokstavligt mobbade Vittorio genom att högljutt kalla honom för Utomjordingen. För oss var det liksom hans andra namn. Vittorio "Utomjordingen" Vespucci. I skolan var han känd som den bästa eleven i astronomi, fysik och matematik, men för oss var han inget annat än en töntig och väldigt udda kille som skulle, enligt oss, ständigt påminnas om det. Vi använde aldrig ordet ET eftersom det inte skulle ha samma negativa effekt som det nämnda ordet. På den tiden såg många av oss ungdomar på en uråldrig film som hette just ET och som skulle väcka empati hos folk om vi kallade honom så. Men vi ville inte bjuda på någon empati för honom. Konstigt nog var han inte sårad av vårt oförskämda beteende mot honom. Han undvek oss aldrig, tvärtom, var han alltid i vår närhet och tittade med stort intresse, nästan beundran på vårt lilla otuktade sällskap. Det gjorde mig alltid konfunderad, och säkerligen även Marcelo, Cesare och Ornella fast de aldrig sa det explicit. Så nu när vi hade träffats igen och satt vid samma bord som två vuxna och seriösa personer ville jag förstås be honom om ursäkt för mina och mina vänners dumheter.

Det kändes samtidigt lite ovanligt att be en person som inte såg ut behöva det om ursäkt. Jag ville gärna veta om hans reaktion bara var en mask, en psykisk försvarsmekanism, eller om den var på riktigt. Om det bara var en mask skulle jag be honom innerligt om ursäkt. Om det var på riktigt skulle jag verkligen vilja veta varför det var på riktigt. Jag visste inte om det var ett korrekt resonemang, men det tycktes mig alldeles rimligt.

Jag satt och tittade både ångerfullt och förväntansfullt på honom medan vi väntade på vår beställning. Det var samma leende på Vittorios ansikte som jag mindes det var för drygt två decennier sedan.

Då började Vittorio tala.

"Det var en bra anmärkning, Roberto", sa han först och nickade långsamt. "Fast det var inte bara ironi du kunde avläsa i mitt ansikte då. Jag tyckte också synd om er, jag såg till och med lite grann ner på er på grund av hur naiva ni var."

"Tyckte du vi var naiva för att vi kallade dig för en utomjording?" var jag tvungen att avbryta honom och ställa denna fråga.

"Precis så, Roberto. Det var skrattretande att ni kallade mig för en utomjording. Det var som att en eskimå kallar en annan för eskimå. Ja, Roberto, alla vi var och är utomjordingar", sa Vittorio och skrattade ljudlöst, visande alla sina tänder.

"Är vi alla utomjordingar?" frågade jag och tyckte att det endast var Vittorios försök att trivialisera minnet på en dumhet från det förflutna.

"Roberto, när man pratar om utomjordingar eller ET-ar hur föreställer man sig dem?"

"Antigen som kolonialistiska eller som utvecklande. Oftast är det första som gäller", svarade jag snabbt på Vittorios fråga och tillade att jag oftast såg på utomjordingar i den negativa kontexten, som om de var predatorer.

"Har du någon gång tänkt att vi kanske enbart omedvetet projicerar våra egna egenskaper på dem vi aldrig sett?"

"Nej, faktiskt, men jag förstår alldeles väl vad du vill säga. Jag vill påpeka här att det vi nu befinner oss i är ett psykologi -och filosofiområde. Jag vill säga att jag vill veta om du har något mer konkret att komma med, något mer övertygande."

"Visst har jag det, Roberto, och jag vill påminna dig om att jag är minst en lika seriös människa som du är. Jag vill således att du ska tro på mina ord nu när du hör det jag vill berätta för dig."

"Vito, tro på mig när jag säger att jag ska tro på varje ord du uttalar här och nu."

"Okej, Roberto. Du vet att jag var en extraordinär elev på den tiden. Och det extraordinär betyder extra-extraordinär! Som sådan var jag bjuden av en global vetenskaplig organisation att jobba för dem. Det var en man som hette Mr Crocker som kontaktade mig. Nu har han varit död i tre år och jag kan nämna hans riktiga namn även om det låter påhittat. Han dog etthundraelva år gammal, femton år efter att han pensionerades. Jag accepterade hans inbjudan utan några som helst betänkligheter. Visst var det ytterst hemligt och jag skulle låtsas gå i skolan, vara en vanlig gymnasieelev, medan jag jobbade för dem. Introduktionstiden klarade jag alldeles lätt, jag var högt motiverad och hade lika hög intelligens.

På den tiden hade de redan upptäckt och invaderat två bebodda planeter. Hela processen hade pågått i sjuttio år, en tillräckligt lång tid för att i hemlighet hinna flytta en massa av vårt folk ditt. Soldater och vetenskapsmän. Så det var inte något nytt och jag blev en aktiv del av denna process. Infödingarna där befann sig naturligtvis på en betydligt lägre utvecklingsnivå än vi och vi kunde lätt besegra dem när de insåg vad vi höll på med. Jag var där ett par gånger och lärde mig till och med några språk som pratades på en av planeterna. Det var grundläggande språkkunskaper men tillräckligt bra för att kunna förstå att de kallade oss för utomjordingarna. Så jag behöver inte förklara att de såg på oss på samma sätt som du och många andra gör när ni tänker på utomjordingar."

Här gjorde Vittorio en kort paus, kyparroboten kom med maten och började servera den på vårt bord.

"Processen fortsätter", Roberto, sa han när roboten gick därifrån efter att den hade önskat oss smaklig måltid. "Jag är en ansedd man i organisationen nu och vi har hunnit med att förstöra ytterligare ett liv på en planet för att behålla vårt eget välstånd. Jag är inte stolt över det, men jag kan inte dra mig tillbaka nu. Jag betalar priset för min ungdoms dumhet. Det ironiska leendet som var riktat mot er då finns än idag, men det är riktat mot mig nu. Roberto, jag behöver inte säga att du inte ska berätta det för någon. Inte för att du inte får göra det utan för att ingen skulle tro på dig. Och i fall du gör det och blir trodd, förnekar jag det. Om det är någon tröst vet du mycket mer om vår sort nu."

Jag nickade bara. Stumt.

"Träffar du någon gång Marcelo, Cesare och Ornella hälsa från mig och säg att jag har inga otrevliga minnen från den tid vi bara var vanliga gymnasieelever."

Den lilla lila planeten

Mina sista dagar på jorden började den dag jag såg Spegeln för första gången.

Innan dess fanns det inget esoteriskt i mitt liv. Om jag tittade framför mig själv såg jag ingenting speciellt sevärt. Det kunde vara ett bord eller en tv eller en tom vägg om jag satt hemma i vardagsrummet. Då var bordet bara ett bord, ingenting annat; det kunde inte exempelvis försvinna om jag ville att det ska göra det, det stod bara där oavsett om jag behövde eller inte behövde det, att äta eller skriva till exempel. Det kunde vara ett träd, ett hus eller tom luft om jag var ute och traskade gatan fram. Då var trädet bara ett träd, ingenting annat; det kunde exempelvis inte förvandlas till något annat, det stod bara där oavsett om jag behövde eller inte behövde en skugga att gömma mig från solen för en stund.

Så en dag vände jag mig om och tittade igen framför mig fast i motsatt riktning. Då såg jag en Spegel.

Spegeln började visa sig allt oftare. Det spelade ingen roll om jag satt hemma i vardagsrummet eller var ute och gick på gatan.

Det var ingen vanlig i Spegel. I den avspeglades varken min gestalt eller det som fanns bakom mig, ett bord eller ett träd till exempel. Det jag såg i den märkliga Spegeln var en planet. Till sin daning såg den ut som vilken planet som helst man kunde se på tv:n eller i en lärobok eller i en atlas. Det var bara färgen på den som var annorlunda. Den var varken blå, grön eller röd. Den var lila. Visst skiftade denna färg i olika nyanser beroende på vad en åskådare, det vill säga jag, betraktade. Om det var vattenytan jag tittade på var den i en ljusare färgton. Om det handlade om bergsområdena blev den i en mörkare kulör. Om det var slättmarkerna jag tittade på hade färgen den nyans som man brukar föreställa sig när man tänker på den lila färgen.

Det var inte det enda Spegeln bjöd mig på. Jag kunde se mig själv vistas på denna lilla lila planet. Det fanns inga människor där, men jag var inte heller ensam. Omkring mig rörde sig levande varelser som faktiskt befolkade denna himlakropp. De var också lilafärgade, visst i olika nyanser av lila. Deras utseende förändrades enligt mina medvetna eller omedvetna önskningar. De upptog de former jag önskade. Detsamma avsåg deras beteende. Det enda jag inte kunde förändra hos dem var deras lila färg. Hela min kroppsfärg blev också lila när jag befann mig där och det kunde jag inte heller göra något åt.

Önskade jag vara för sig själv försvann de utan att gnälla, de hade alltid något roligt att ägna sig åt. Ensam kunde jag se mig själv, hur jag simmade i det ljuslila vattnet, hur jag klättrade på de mörklila bergen, hur jag sprang på de konventionellt lilafärgade slätterna. Då kände jag detsamma utanför Spegeln som jag kände innanför den.

Först i början var jag väldigt misstänksam och reserverad mot och irriterad på Spegel som började uppenbara sig framför mig mot min egen vilja. Med tiden, när jag insåg alla fördelar med det, väntade jag bara på att den skulle dyka upp igen. Jag började stanna allt längre och längre på denna planet varje gång Spegeln dök upp. Jag började känna mig hemma där och planetens folk började se på mig allt mer som sitt eget.

De kallade mig Yn-Tel-Oiv.

"Yn-Tel-Oiv! Yn-Tel-Oiv! Saco-Di-Sra?" brukade de ropa på mig.

(Det betyder inte "Utomjording" och det betyder inte "Hur är det med dig?")

Pri-Vlig! Pri-Vlig! Gle-Dost! Gle-Dost! brukade jag svara dem.

(Det betyder inte "Bra, tack! Hur mår ni?")

Det som ytterligare var extraordinärt på planeten var att den var till synes tom. Inga hus, gator, träd, vägar, inga föremål... Det var så mycket fritt utrymme för olika kreativa handlingar eller tankar. Men om jag skulle lägga mig då dök det upp en säng, om jag skulle sätta mig fanns det plötsligt en stol, om jag tog ett steg i vilken riktning som helst uppenbarade sig en gata framför mig, om jag önskade en sol och en skugga uppenbarade det sig en sol och ett träd, om jag önskade en bok hade jag den plötsligt i händerna och kunde läsa den i den behagliga skuggan och så vidare och så vidare.

Allt kunde visa sig här utom två saker: ormar och kycklinghjärnor. När jag lyckades förklara för lil-folket vad det var skrattade de. Ja, de kunde faktiskt skratta, och det gjorde de ofta.

Så en dag stod det en obeskrivligt vacker varelse framför mig och tittade på mig med sina mörklila ögon. Instinktivt sträckte jag handen mot henne - jag uppfattade den som *en hon*, men det kunde vara en han om jag hade uppfattat den så - och hon gjorde detsamma.

När våra händer nådde varandra lyste hennes ansikte upp med en sådan glädje som bara kunde jämföras med den glädje jag såg i mitt ansikte när jag tittade mot Spegeln som från planetens sida avspeglade bara det som finns på den planeten.

Fast den kunde också göra annorlunda om någon önskade det. Men ingen gjorde det.

Jag har stannat kvar här, lila som jag är.

Min sista önskan uppfyller jag själv

Professor emeritus Roman Block dog gammal och ingen var speciellt ledsen för det. Ändå uppmärksammades hans bortgång. Av två anledningar, kan man säga. Den första anledningen var att han hittades livlös i sin lägenhet först drygt tre veckor efter att han hade dött. I första början var folk som kände hans barn och barnbarn väldigt dömande mot dem. Hur kunde de tillåta sig att inte besöka sin far och farfar på så lång tid trots att de bara bodde ett par hundra meter från hans bostad?

"I Guds namn, har han ruttnat i lägenheten i en månad!" sa vissa.

"Skamlöst!" sa andra.

Romans barn försvarade sig med något som ingen ville tro på. I alla fall inte förrän brevet professor Block lämnat efter sig hade offentlig-gjorts. Det var den andra anledningen till att folk ägnade sin uppmärksamhet åt hans död.

Brevet lydde som det följer:

"Det är inte döden som jag fruktar för utan min behandling efter det.

När en stjärna faller sägs det att en männi-ska har dött. Stjärnan förbränner ju och för-vandlas till aska. Den tar slut. Den har ingen förmåga att reflektera över det innan den dör. Men en människa då? Vad har hon för val? Ja, det är två val hon har: att begravas eller för-brännas. Vad händer om hon varken vill det ena eller det andra? Inget, det är bara de två alterna-tiv som bjuds på.

Jag har nästan hela mitt liv fasat för dessa två alternativ. Vad händer om jag bara är kli-niskt död och vaknar efter att jag blivit begra-ven? Vad händer om jag vaknar just när krema-toriet sätts igång? Skrattretande kan det verka för dem som läser det här. Inte för mig! Det är inte heller några retoriska frågor för mig. Jag får ångest av sådana tankar, och jag har inte tänkt på det bara en gång.

Idén om min sista önskan utvecklades utifrån dessa farhågor. Men jag visste att min sista önskan om min behandling efter att jag dött skulle ingen acceptera. Och det kunde jag förstå. Själv skulle jag ha svårt att acceptera den om det gällde någon annan. Så jag var illa tvungen att själv uppfylla min önskan.

När jag fick en cancerdiagnos och fick veta att jag bara hade tre månader kvar på mig att leva bestämde jag mig för det enda möjliga, det enda lugnande för mig.

En månad innan jag skulle dö (det kände jag starkt på mig) informerade jag mina barn och barnbarn att jag skulle åka till Maiorca och stanna där i fyra veckor. De hade ingen föraning om min annalkande död och var lite överraskade över min plötsliga resa eftersom jag var ingen till resor sugen människa. Men kunde inte göra något åt detta. Jag såg bra och frisk ut i deras ögon och det var förresten mina inte deras pengar jag skulle spendera. Jag ljög för dem att jag redan hade köpt flygbiljetten och att de inte behövde följa mig till flygplatsen. De insisterade. Jag insisterade ännu mer och de gav upp. Vad skulle de göra? Vem skulle övertala en gammal och envis man som jag var.

Min idé bestod i att dö i ensamhet och inte bli upptäckt förrän jag ruttnat så pass bra att min död inte skulle kunna ifrågasättas. Först var min tanke att gå in i en skog och göra det. Sedan av diverse orsaker avstod jag göra det. Jag gömde mig i min lägenhet och väntade på döden. Jag hade tillräckligt med mat. Jag behövde inte så mycket mat eftersom jag var dödssjuk och kunde ändå äta bara en bråkdel av det jag brukade som frisk. Jag behövde morfin mer än mat och det hade jag.

När mina nära och kära ringde mig ljög jag först att jag kommit fram, sedan att det var glada och innehållsrika dagar jag hade där och till sist att jag skulle komma om två dagar och att någon av dem kunde gärna komma på besök hos mig och se hur solbränd jag hade blivit.

Visst kände jag samvetskval på grund av det jag gjorde mot dem och den chock de skulle utsättas för, men min rädsla för att bli levande

68

begraven eller levande bränd var flera gånger intensivare än mitt samvetsagg. Jag kunde helt enkelt inte utsätta mig för alla de mörka och plågsamma scenarier jag skulle koka ihop innan jag avlidit: hur jag vaknar i graven och inte kan andas eller röra på mig, hur jag vaknar i krematoriet och väntar på att bli levande bränd. Nej, det ville jag inte tänka på. En sådan olycka vill jag inte dra över mig.

PS

Jag dör nu. I lugn och ro. Fullproppad med morfin. Och massor doftande blommor under, omkring och på min döende och snart ruttnande kropp.

Dör med minnet på allt det glada jag upplevt i mitt långa liv.

Ligger fritt här på golvet i min lägenhet och överger den till den naturliga, riskfria och finala upplösningen.

Som ett djur i skogen. En hjort eller en ekorre eller igelkott. Spelar ingen roll vilket djur det handlar om.

Inget spelar någon roll nu. Jag dör utan som helst bekymmer.

Mer har jag inget att säga…"

Stella Canis och andra noveller

Stella Canis och andra noveller